PANIQUE SUR LE PACIFIC

C'est toi le détective !
Une collection dirigée par Cédric Ramadier

Retrouvez aussi :

à Estelle

www.actes-sud-junior.fr

ISBN 978-2-7427-8505-6

Loi 49-956 du 16 juillet 1949
sur les publications destinées à la jeunesse

PANIQUE SUR LE PACIFIC

3 grandes enquêtes

écrites et dessinées

par **Pronto**

ACTES SUD JUNIOR

IPOMATIN

FRIC-FRAC SUR LE PACIFIC

Durant l'escale du *Pacific* à Zanzibar, la suite de la princesse de Pleuré-Começat a été entièrement saccagée alors qu'elle faisait un peu de tourisme. Les cloisons de sa cabine ont été maculées de peinture, ses bijoux éparpillés, ses robes déchirées et la cage de Sir Herbert Junior, son canari, ouverte. Pour quelles raisons ? Peut-être la jalousie, tout le monde sait que la princesse est très riche et adore s'amuser.

C'est sa gouvernante qui a alerté la police après s'être rendu compte des dégâts en remontant sur le paquebot quelques instants avant la princesse. Les seuls éléments dont on dispose à ce jour sont les identités des passagers restés à bord pendant l'escale touristique. Il est certain que l'un d'entre eux est le coupable. Seule une enquête minutieuse permettra de le démasquer. Pour cela il faudra savoir exploiter le moindre indice...

est
é pour
obé
eur
son
lgique - Déjà
ın homme vole
le sa prison et
jours de peine
ires.

t a été condamné à prison au sein du encier de Cépamoi- e vol d'un ordinateur . Il y purgeait déjà une des faits différents. Le a étudié l'affaire a u'il s'agissait d'un des es plus bêtes qu'il ait ans sa carrière. Quand il l'accusé qu'il lui restait des choses à améliorer sa vie de criminel, M. it lui a répondu qu'il n'était en effet, le meilleur des rs.

volé l'ordinateur et l'a placé s les ordures pour le récupé- plus tard. Seulement les camé- de surveillance ont tout enre- stré. Il est donc reparti en pri- n pour purger une peine sup- lémentaire.

ressé pour
dwich

Un homme se retrouve coincé dans son sèche-linge

envie de chercher un pantalon qui censé se trouver dans son onte : «Je voulais mon

coincé. J'ai eu vraimen parce qu'il n'y avait pas d'air.» Extrait de la mach à l'intervention des Henri Golant n'arrive to qui a p

Photo de reconstitution
PACIFIC
PACIFIC

ROULE MABOULE !

Carlos Amoile
2
51 ans
1,74 m
Magicien
10, rue Abracadabra
Bordeaux
Richard Dassaut
1
46 ans
1,65 m
Plombier
5, rue du Siphon
Rouen
Lauren Dunjour
4
32 ans
1,69 m
Esthéticienne
2, rue Cageot
Lens
Jacky Dordinne
3
62 ans
1,71 m
Barman
6, rue du Bouchon
Quimper
Chloé Aulit
5
26 ans
1,68 m
Vétérinaire
3, rue du Typhus
Arles
Robert Muda
6
53 ans
1,75 m
Chef de chantier
4, rue de La Tuile
Grenoble

Pierre Kiroul
39 ans
1,66 m
Chauffeur de taxi
8, rue Grincheux
Dieppe
7
Suzy Gounette
42 ans
1,79 m
Standardiste
7, rue de La Pardequi
Pau
8
Roger Malodent
46 ans
1,74 m
Assureur
9, rue Pépin
Lille
9
José Joserepa
28 ans
1,72 m
Banquier
1, rue de Loseille
Nantes
10
César Tichaux
40 ans
1,71 m
Boulanger
11, rue de L'Éclair
Chartres
11
Les suspects

Premier indice

La cabine a été minutieusement passée au peigne fin. En analysant au microscope les particules découvertes et en observant la photo de reconstitution ainsi que le tableau d'identification, tu peux relier chacune d'entre elles à un suspect. Celui qui n'a laissé aucune trace est forcément innocent.

Deuxième indice

Témoin du vol, le groom du paquebot ne parle malheureusement pas français. Pour comprendre son message, remplace chaque lettre par celle qui la précède dans l'alphabet.
Tu peux alors recueillir son témoignage et trouver l'indice qui va disculper un nouveau suspect.

Troisième indice

Par chance, la fabuleuse collection de diamants, de rubis et de saphirs de la princesse a été retrouvée intacte dans son coffret. Seules quelques pierres précieuses possèdent un nombre de facettes unique par rapport aux autres. Trouve ces pierres. Les lettres qui y sont rattachées se retrouvent dans le nom de la ville où habite un innocent.

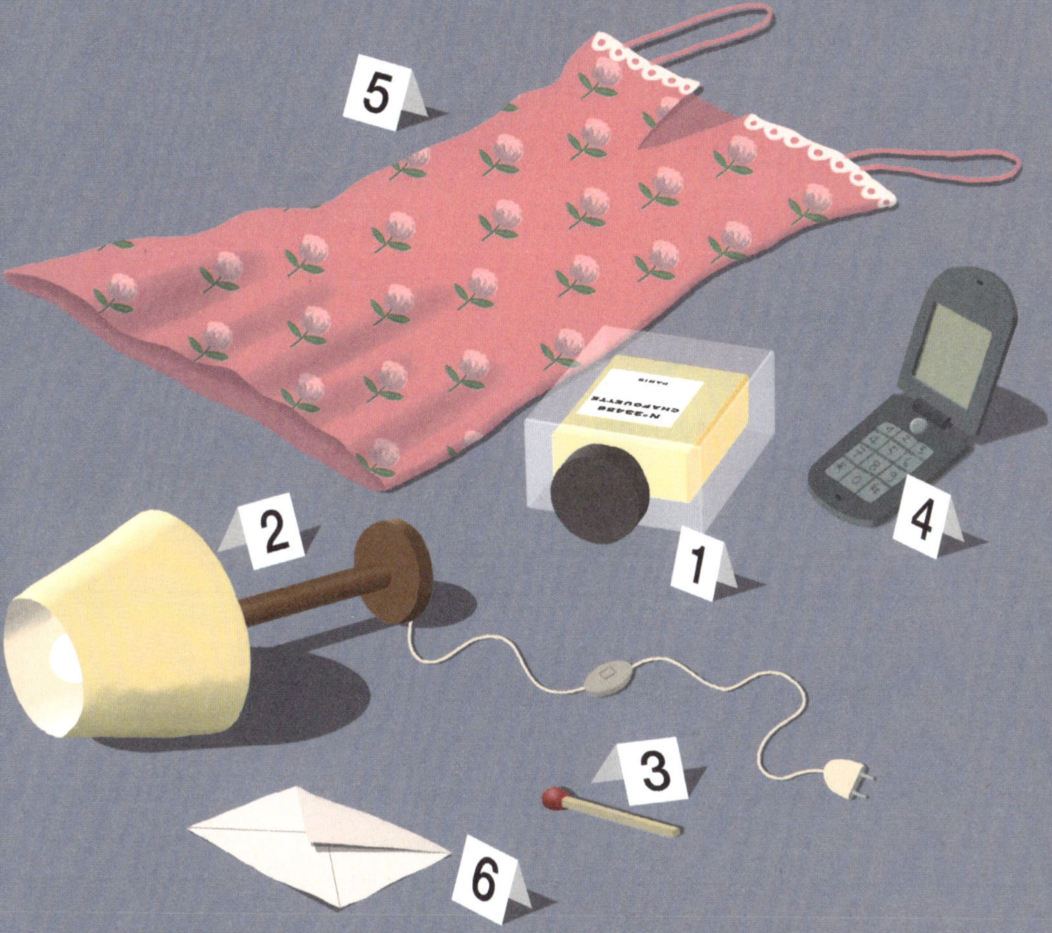

Quatrième indice

Voici les objets qui ont été retrouvés dispersés aux quatre coins de la cabine. Toutes ces pièces à conviction ont été soigneusement numérotées. Reporte la première lettre de chaque objet dans la case correspondante. Cet indice te pemet d'innocenter un suspect.

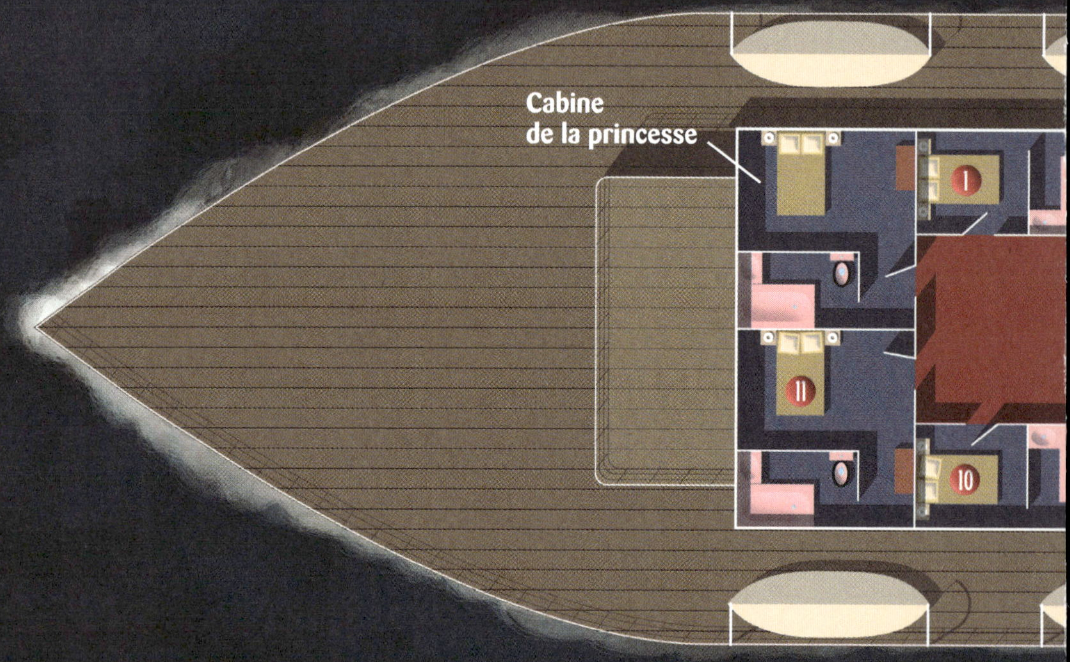

Cinquième indice

Voici le plan du paquebot avec les cabines des suspects.
Les interrogatoires recueillis te permettent de localiser la cabine d'un innocent :

- Il n'y a pas d'eau dans la baignoire.
- Elle n'est pas juste à côté de celle de la princesse.
- Il y a 2 coussins sur le lit.
- Ce n'est pas une grande cabine.
- La cuvette des toilettes est ouverte.

Cabine 1 : Richard Dassaut
Cabine 2 : Carlos Amoile
Cabine 3 : Jacky Dordinne
Cabine 4 : Lauren Dunjour
Cabine 5 : Chloé Aulit
Cabine 6 : José Joserepa
Cabine 7 : Pierre Kiroul
Cabine 8 : Suzy Gounette
Cabine 9 : Roger Malodent

Sixième indice

Plusieurs morceaux de tissu déchirés ont été retrouvés dans la cabine. Ils proviennent des vêtements de haute couture emportés par la princesse pour la traversée. Retrouve les morceaux faisant partie de la robe qu'elle porte sur la photo du magazine *Blabla*. Les lettres qui y sont rattachées se retrouvent dans le nom de la rue où habite un innocent.

Septième indice

Voici des pièces à conviction retrouvées dans la cabine. Écris le nom des objets 2 par 2 dans les cases. Note les lettres en commun et remets-les dans l'ordre pour retrouver le nom d'une substance indispensable à l'un des suspects dans son métier. Ce dernier est innocent.

Huitième indice

Le dépliant touristique de la croisière présente les îles visitées par le *Pacific*. Suis les instructions pas à pas et retrouve l'île sur laquelle la princesse avait prévu de séjourner quelques jours :

1. Trouve d'abord l'île qui possède deux arbres identiques. **2.** Trouve l'île volcanique qui a la même forme que l'île n° 1 et qui est habitée. **3.** Trouve l'île qui contient la même ville que l'île n° 2. **4.** Enfin, trouve l'île qui a exactement la même forme que l'île n° 3. Son nom a le même nombre de lettres que le nom d'un innocent. En tenant compte des suspects que tu as déjà écartés, tu peux mettre un passager hors de cause.

Ile Mefépeur
Ile Vapabien
Ile Fovoir
Ile Licot
Ile Courilcour
Ile Enredemande
Ile Étard

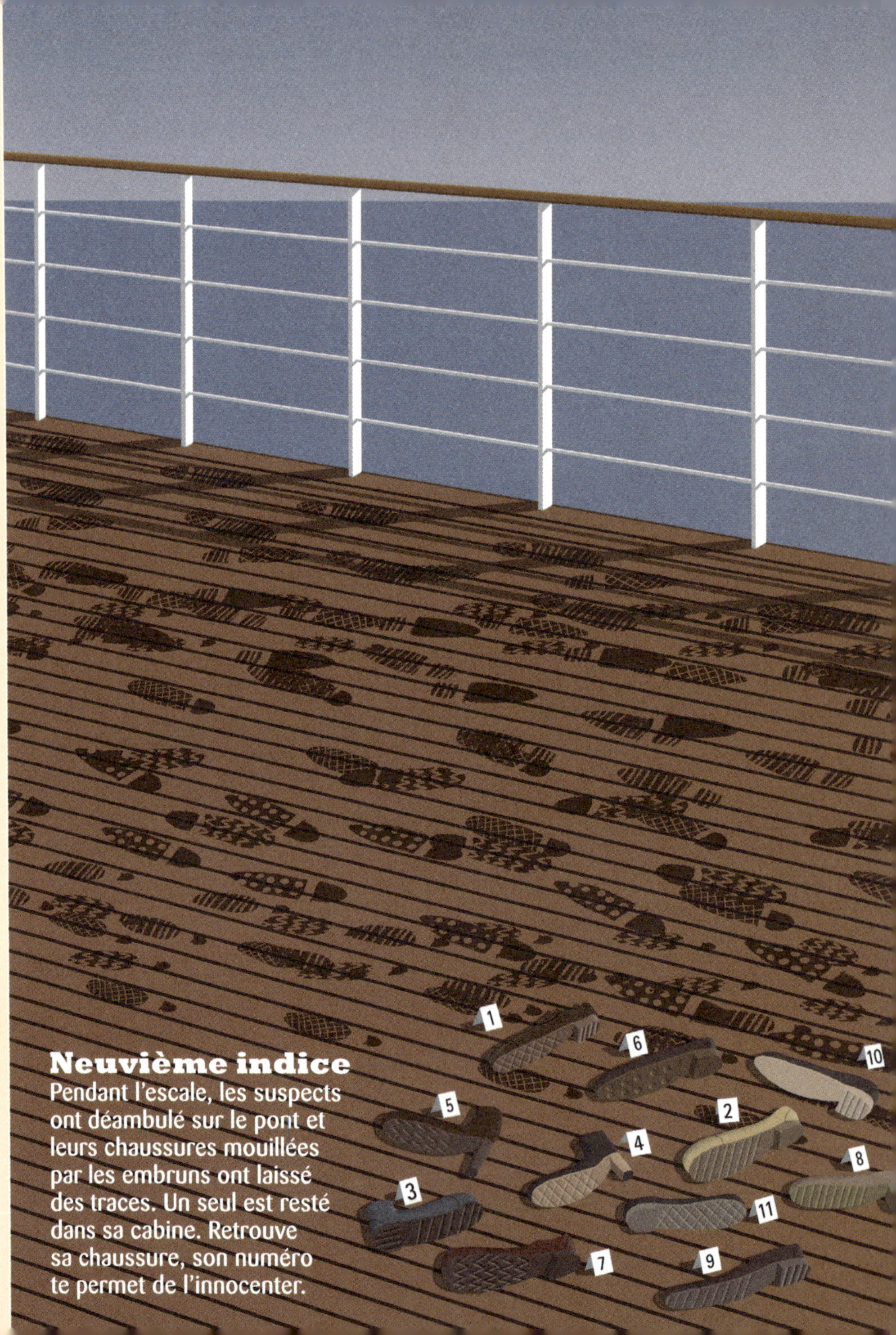

Neuvième indice

Pendant l'escale, les suspects ont déambulé sur le pont et leurs chaussures mouillées par les embruns ont laissé des traces. Un seul est resté dans sa cabine. Retrouve sa chaussure, son numéro te permet de l'innocenter.

Dixième indice

Le cambrioleur a fait un graffiti sur le mur de la salle de bain attenante à la cabine de la princesse. C'est l'erreur de trop ! Décrypte ce mystérieux rébus et découvre le message qui va te permettre d'identifier le dernier innocent.

IDENTIFICATION

Bravo !
Tous les indices récoltés t'ont permis d'innocenter un à un les suspects. Tu peux maintenant démasquer le coupable du saccage dans la cabine de la princesse.

Si un indice te résiste et si tu brûles de connaître les **solutions**, retourne le livre et place-toi face à un miroir.

Le coupable est donc...

Premier indice : Carlos Amoile. • **Deuxième indice** : José Joserepa (« Celui que j'ai vu sortir en courant de la cabine de la princesse avait des cheveux ! »). • **Troisième indice** : Chloé Aulit (lettres A et L, donc Arles). • **Quatrième indice** : Robert Muda (plâtre). • **Cinquième indice** : Lauren Dunjour. • **Sixième indice** : Richard Dassaut (lettres S, I, N, rue du Siphon). • **Septième indice** : César Tichaux (farine). • **Huitième indice** : Pierre Kiroul (île Héleur). • **Neuvième indice** : Jacky Dordinne. • **Dixième indice** : J Œufs Dé T' Est Lait Bi Joue : je déteste les bijoux, donc ce n'est pas Suzy Gounette.

UN CHEF 5 ÉTOILES VOIT 36 CHANDELLES

Vol mystérieux dans les cuisines du paquebot le *Pacific*

Hier soir vers 21 h 00, juste avant le dîner de gala offert par le capitaine du *Pacific*, le chef cuisinier a été retrouvé assommé derrière ses fourneaux. Le vol semble être le mobile de cette agression. En effet, il manque trois boîtes de caviar et cinq bouteilles de grand vin. D'après les premiers éléments recueillis, les soupçons se portent sur un des cuisiniers présents au moment des faits. Seule une enquête minutieuse permettra de percer ce mystère en rassemblant les preuves de la culpabilité du cuistot mal intentionné.

Une famille doit retirer son trampoline à cause des cambrioleurs

Un père de famille a é pressé par ses voisins de re rer le trampoline du jard collectif à cause des cambr leurs qui pourraient s'en s vir pour sauter jusqu'à le fenêtres.

André Dredon, 36 ans, a été a par sa copropriété que le tra line de sa fille de 90 cm de d tre présentait un risque co rable de cambriolage. Il a c dant refusé de le retirer quant que sa fille de 8 a servait tous les jours. Un teur chargé de la séc estimé qu'il fallait être pour utiliser ce trampoli atteindre les fenêtres nage : "Il y a des contain belles juste à côté qui plus hauts. Il faudrait t un cambrioleur bien utiliser un si minuscu line et sauter jusqu'au

Un porte-parole de la que en fait avoir reçu de membres de la car le trampoline s une zone appartena En 2007, un trampol servi dans le cadre criminelle. Un acr cambriolé un local utilisé un trampoli au-dessus d'une ba

Des jumeaux acquittés car la victi... n'a pas su les différencier...

Sydney, Australie - Deux vrais jumeaux âgés de 21 ans accusés d'agression ont été finalement relâchés par la justice car la victime n'a pas su reconnaître lequel des deux frères lui avait cassé le nez.

Bill Bockey , la victime de l' sion rapporte : « Lors d'u autour d'une partie de des deux jumeaux m'a frappé à coups de pied mais je ne saurais pas dire s'agissait. » Face à l'incapac ... naître le véritable ... chargé de l'affaire ... les deux frères ... pesant contre ... tribunal, les ... déjà déci... e.

Une femme appelle la police afin de résoudre ses problèmes de mots croisés

L'officier en colère a prévenu Chantal Hélouya qu'elle risquait d'être poursuivie si elle ne libérait pas la ligne téléphonique.

Elle raconte : "J'avais fini toute la grille de mots croisés hormis un mot et j'étais totalement bloquée. J'avais regardé partout sur internet et questionné mes amis. J'étais vraiment très ennuyée de ...

Photo de reconstitution

Benoît Decoco
46 ans
1,68 m
1, rue Gigot
Strasbourg
1
Paco Tison
24 ans
1,68 m
11, rue Kouglof
Tours
10
Pablo Demaitre
37 ans
1,78 m
10, rue du Gal Lasagne
Ajaccio
9
Nacer Arien
41 ans
1,85 m
3, rue Béchamel
Rouen
11
Noël Obalcon
56 ans
1,68 m
7, rue Tatin
Lille
7
Franco Deport
49 ans
1,69 m
2, rue du Moka
Bourges
2

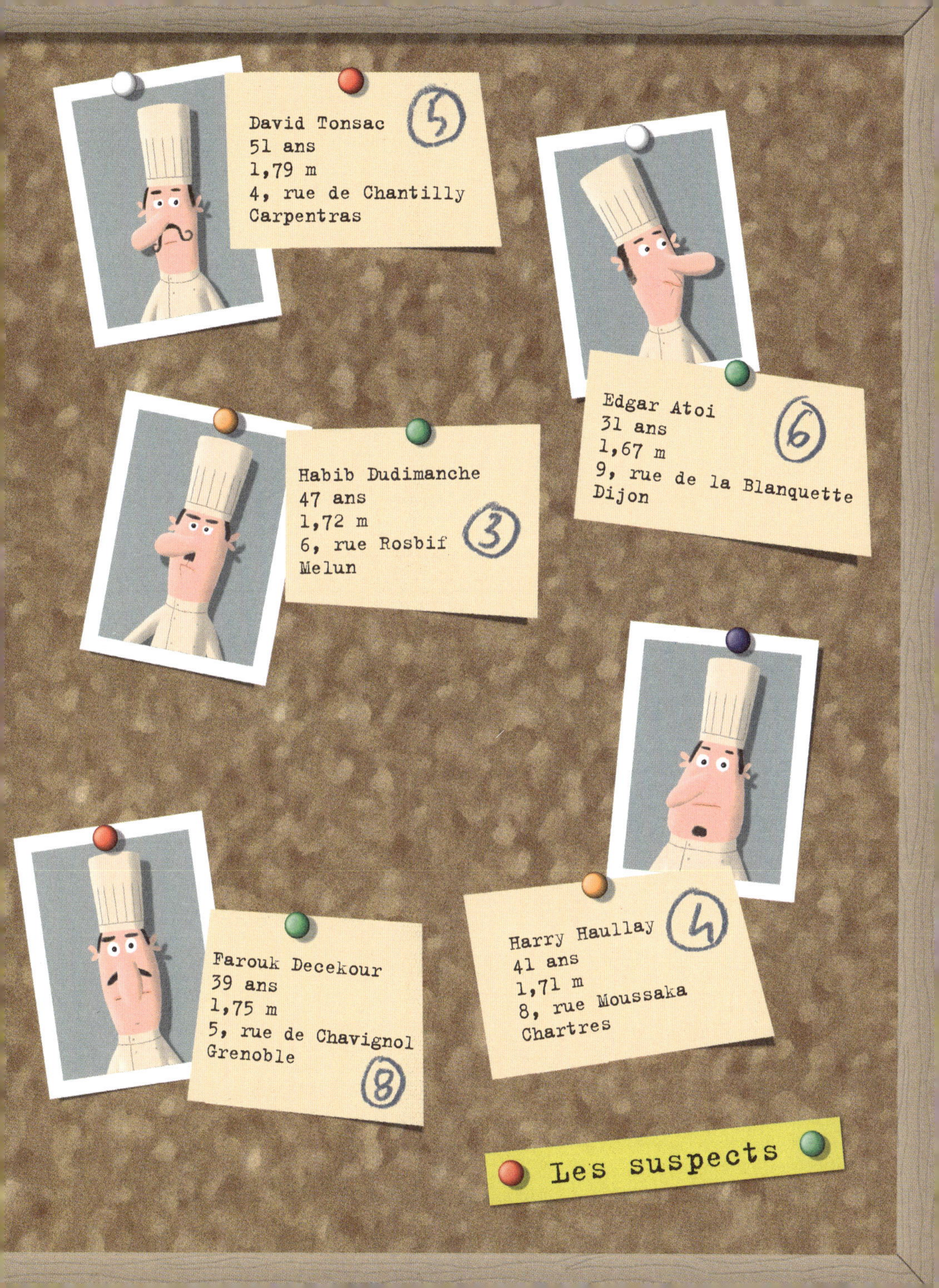

David Tonsac
51 ans
1,79 m
4, rue de Chantilly
Carpentras
5
Edgar Atoi
31 ans
1,67 m
9, rue de la Blanquette
Dijon
6
Habib Dudimanche
47 ans
1,72 m
6, rue Rosbif
Melun
3
Farouk Decekour
39 ans
1,75 m
5, rue de Chavignol
Grenoble
8
Harry Haullay
41 ans
1,71 m
8, rue Moussaka
Chartres
4
Les suspects

Premier indice

Le voleur a laissé derrière lui des morceaux de papier déchirés, certainement une liste d'aliments nécessaires au menu du jour. Reconstitue les mots, mais il manque la première lettre. Note ces lettres. Elles se retrouvent dans le nom de la ville où habite un innocent.

Deuxième indice

Le malfaiteur n'a pas réussi à emporter toutes les boîtes de caviar.
Celles restées dans la réserve ont au moins une jumelle parmi les autres…
sauf quelques-unes. Retrouve combien il y a de pièces uniques.
C'est le numéro d'un innocent.

Troisième indice

Le vol a eu lieu pendant le cocktail offert par le capitaine sur le pont. Un des invités présents possède un point commun avec un cuistot innocent. Retrouve-le d'après ces renseignements : **1.** Ce n'est pas une femme. **2.** Il porte des lunettes. **3.** Il n'a pas de moustache. **4.** Il a un verre à la main. **5.** Il n'a pas le crâne dégarni. **6.** Il sourit.

Quatrième indice

Le chef cuisinier était en pleine préparation d'un gâteau quand il a été agressé. Écris les noms des ingrédients dans la petite grille qui se trouve à côté de chacun d'entre eux. Note les lettres apparaissant dans les cases bleues. En les remettant dans l'ordre, tu peux découvrir un indice utilisé par un innocent.

Cinquième indice

Dans sa fuite, le voleur a renversé tout un tas de choses sur le sol de la cuisine. Voici les comptes rendus des interrogatoires des suspects. Certains ne semblent pas dire toute la vérité. Analyse les déclarations dans l'ordre et détermine le vrai du faux. Pars de la casserole renversée, va tout droit et fais le tour du plan de travail central, tu arriveras à un indice qui te permet d'innocenter un nouveau suspect.

- Si un suspect dit toute la vérité avance de 9 dalles.
- Si un suspect ne dit que des mensonges avance de 6 dalles.
- Si un suspect dit la vérité puis un mensonge recule de 3 dalles.
- Si un suspect dit un mensonge puis la vérité recule de 6 dalles.

David Tonsac : *«Je suis pâtissier et je suis peut-être coupable.»*
Farouk Decekour : *«J'ai une casserole à la main et je vis dans le nord de la France.»*
Franco Deport : *«Je suis innocent et je prépare une tarte.»*
Benoît Decoco : *«Je suis blond et je suis plus jeune que Harry Haullay.»*
Harry Haullay : *«Je suis maladroit et je ne vis pas au bord de la mer.»*
Habib Dudimanche : *«Je n'utilise jamais de couteaux et je suis plus grand que Noël Obalcon.»*
Pablo Demaitre : *«Je n'ai pas de bons yeux et je ne prépare pas une crème pâtissière.»*
Noël Obalcon : *«Je suis plus jeune que Paco Tison et je vis au bord de la mer.»*
Nacer Arien : *«Je suis plus grand que Edgar Atoi et je prépare une mousse au chocolat.»*

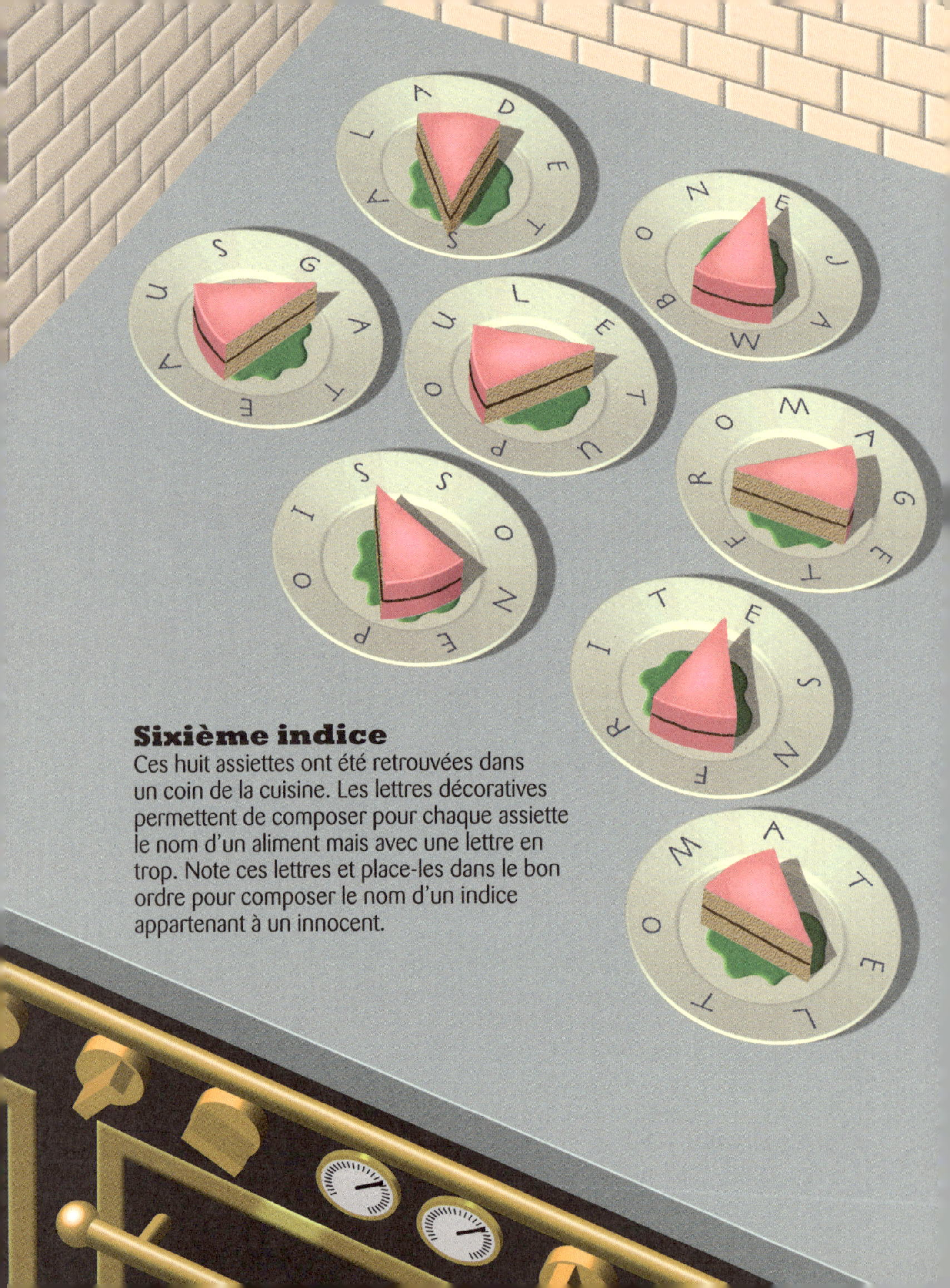

Sixième indice

Ces huit assiettes ont été retrouvées dans un coin de la cuisine. Les lettres décoratives permettent de composer pour chaque assiette le nom d'un aliment mais avec une lettre en trop. Note ces lettres et place-les dans le bon ordre pour composer le nom d'un indice appartenant à un innocent.

Septième indice

Voici le gâteau que le chef cuisinier était en train de réaliser au moment de son agression. Il y a quelques différences entre celui-ci et la photo du livre de recettes. Un suspect a le même nombre de lettres dans son nom. Tu peux l'innocenter.

Huitième indice

L'interrogatoire du chef cuisinier du paquebot doit apporter de précieux renseignements mais il ne parle pas français. Pour comprendre son message, enlève tous les D, S, M et H. Tu peux alors recueillir son témoignage et trouver l'indice qui va disculper un nouveau suspect.

Neuvième indice

Lors des fouilles, le placard de la cuisine a été inspecté de fond en comble. Écris le nom des ingrédients 2 par 2 et note les lettres en commun. Remets-les dans l'ordre pour retrouver le nom d'un indice appartenant à un innocent.

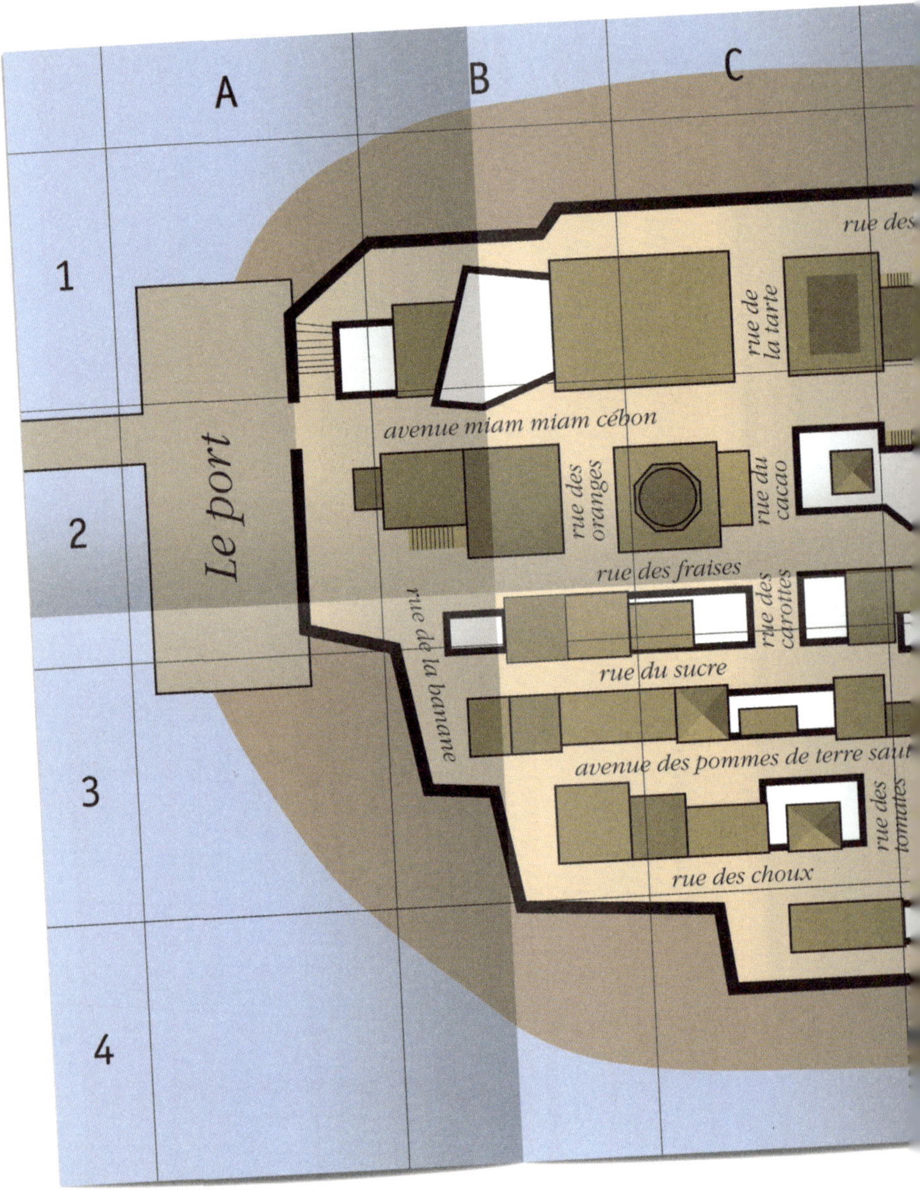

Dixième indice

Le voleur a profité de l'escale à Zanzibar pour s'enfuir en courant à travers les rues de la cité. Suis pas à pas les informations recueillies lors des interrogatoires des témoins de cette fuite et trouve la rue où se cache le malfaiteur. Le nom de cette rue te donne un indice pour innocenter le dernier suspect.

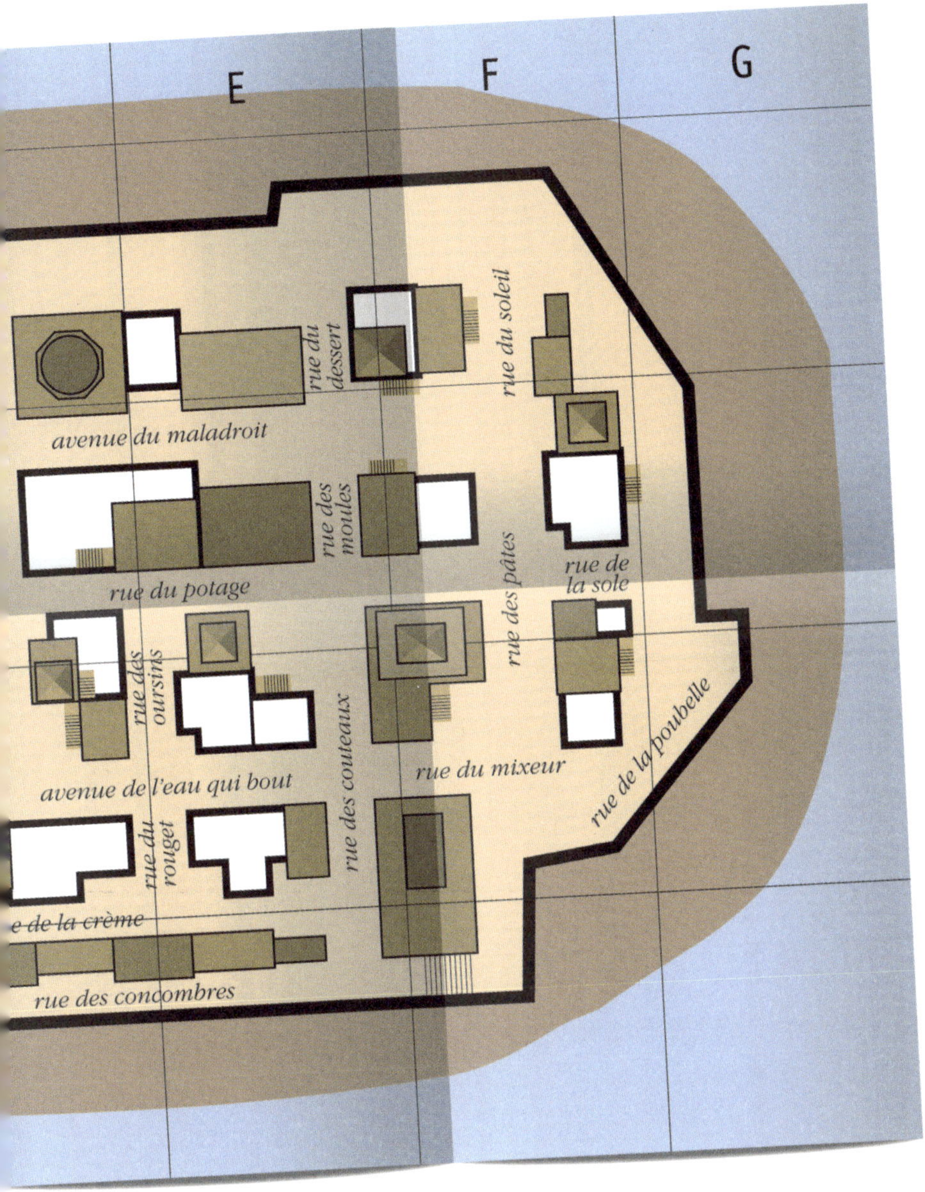

En partant du port, il est entré dans la ville en prenant l'avenue miam miam cébon, puis la troisième rue à droite, il a tourné dans la première rue à gauche, puis dans la deuxième à droite, après il a pris la première rue à gauche, puis encore à gauche, puis il est parti dans la deuxième rue à gauche, et de nouveau dans la deuxième à gauche, enfin, il a couru dans la première rue à droite et la deuxième à droite.
C'est dans cette rue que se cache le coupable…

IDENTIFICATION

Bravo !
Tous les indices récoltés t'ont permis d'innocenter un à un les suspects. Tu peux maintenant démasquer le coupable du vol dans les cuisines du paquebot.

Benoît Decoco — **Franco Deport** — **Habib Dudimanche** — **Harry Haullay** — **David Tonsac** — **Edgar Atoi**

Si un indice te résiste et si tu brûles de connaître les **solutions**, retourne le livre et place-toi face à un miroir.

Noël Obalcon	Farouk Decekour	Pablo Demaitre	Paco Tison	Nacer Arien

Premier indice : Benoît Decoco (Strasbourg : **S**aucisson, **A**ndouille, **B**anane, **G**âteau, **R**illettes). • **Deuxième indice** : Harry Haullay (4). • **Troisième indice** : Nacer Arien (sparadrap). • **Quatrième indice** : Franco Deport (rouleau). • **Cinquième indice** : Edgar Atoi (moutarde de Dijon). • **Sixième indice** : Pablo Demaitre (lunettes). • **Septième indice** : Noël Obalcon. • **Huitième indice** : Paco Tison (« Celui qui tient une poubelle n'a rien fait ! »). • **Neuvième indice** : Habib Dudimanche (couteau). • **Dixième indice** : David Tonsac (rue des oranges).

Le coupable est donc...

LE RAGOG

TOUR DE PASSE-PASSE PENDANT LE TOUR DE CHANT

Il était 22 h 30, la grande vedette de music-hall Barbara Stressante venait à peine de terminer son récital dans la grande salle de concert du paquebot le *Pacific*, lorsque le navire a été plongé dans l'obscurité par une coupure d'électricité générale. Profitant de ces quelques minutes de panique, un cambrioleur s'est introduit dans la salle du coffre-fort pour le fracturer et s'emparer des grosses sommes d'argent déposées par les passagers pendant leur croisière. D'après les premiers éléments de l'enquête, le voleur a certainement réussi à quitter la salle de spectacle en toute discrétion pour commettre son méfait. Une photo prise juste avant le concert par un journaliste a permis de déterminer l'identité des passagers qui attendaient de s'installer et ainsi de dresser la liste des suspects. Grâce aux indices recueillis, nul doute que l'on va rapidement retrouver le coupable de ce vol.

Saoul, un homme ren chez lui en

L'officier ... rapporte q l'homme venait d'abandonner u compétition de golf non loin de Il n'avait même pas pris la pein de jeter les canettes de bière vide qui jonchaient le sol à proximit de la voiturette de golf. Tenant de propos incohérents, l'homme a expliqué qu'il voulait juste rentrer chez lui, à 65 km du terrain de golf, avec la voiturette. Il a reconnu avoir bu dix bières mais ne se sentait pas du tout ivre.

Deux arrière-grands-mères championnes de bowli

Photo de reconstitution

Gaëtan Dechien
51 ans
1,72 m
Chimiste
11, rue Saboum
Lens
3
Mady Rienhalors
42 ans
1,72 m
Agent immobilier
12, rue William-Loft
Soissons
1
Antonin Dejardin
65 ans
1,78 m
Docteur
36, rue Pabien
Dijon
7
Patty Epatata
39 ans
1,79 m
Styliste de mode
48, rue Dussac
Quimper
9
Sally Comantiva
32 ans
1,81 m
Chanteuse
33, rue Sabraille
Nancy
10
Omer Dalors
72 ans
1,67 m
Écrivain
24, rue du Chat-Pitre
Romans
2

Gigi Retourne
48 ans
1,69 m
Avocate
66, rue Cépaluit
Perpignan
6
Alex Blaise
54 ans
1,80 m
Pilote d'avion
55, rue Charly-Tango
Toulon
8
Vladislav Passouvan
62 ans
1,70 m
Joueur de poker
88, rue Eugène-Magot
Paris
11
Babette Dutout
36 ans
1,73 m
Informaticienne
42, rue Walter-Bug
Marseille
5
Gérard Manvussa
45 ans
1,76 m
Banquier
63, rue Duflouze
Angoulême
4
Les suspects

Premier indice

Voici l'affiche du concert donné par Barbara Stressante le soir du vol. Dans chaque titre de chanson, les 2 mots écrits en blanc ont toutes leurs lettres en commun… sauf une ! Note ces 7 lettres et remets-les dans l'ordre pour retrouver le métier d'un innocent.

Deuxième indice

La salle où se trouvait le coffre-fort a été minutieusement passée au peigne fin. En analysant au microscope les particules découvertes et en observant la photo de reconstitution ainsi que le tableau d'identification, tu peux relier chacune d'entre elles à un suspect. Celui qui n'a laissé aucune trace est forcément innocent.

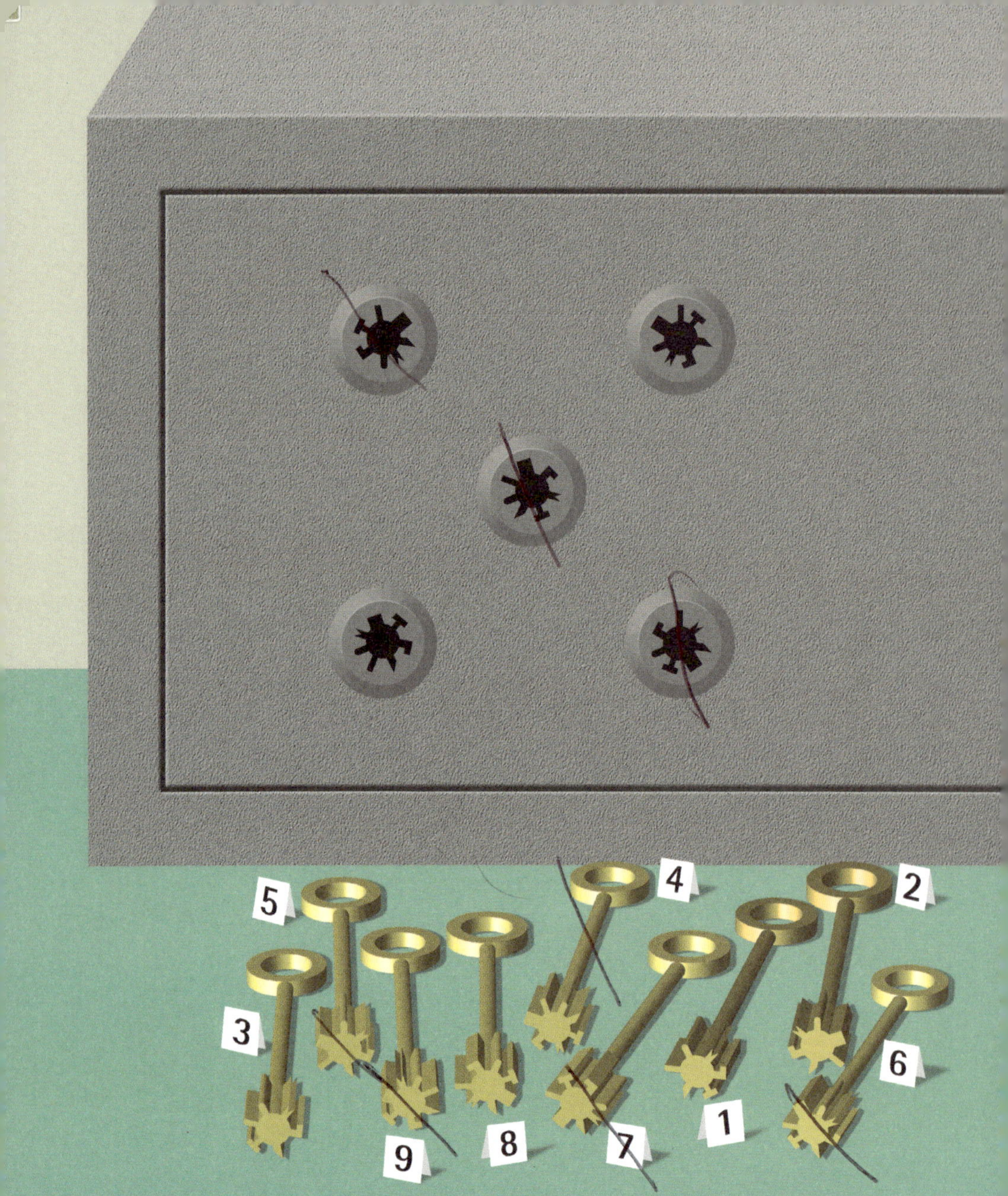

Troisième indice

Les clés utilisées par le cambrioleur pour ouvrir le coffre ont été retrouvées. Compare les serrures avec les clés et trouve les 4 qui ne peuvent être utilisées. Additionne les nombres qui y sont rattachés pour obtenir le numéro d'un suspect. Tu peux l'innocenter.

Quatrième indice

Dans sa fuite, le voleur a laissé tomber le papier sur lequel il avait noté la combinaison du coffre. Commence par le A et suis les instructions pour obtenir les 7 autres lettres. Tu peux alors les remettre dans le bon ordre et composer le nom d'un indice appartenant à un innocent.

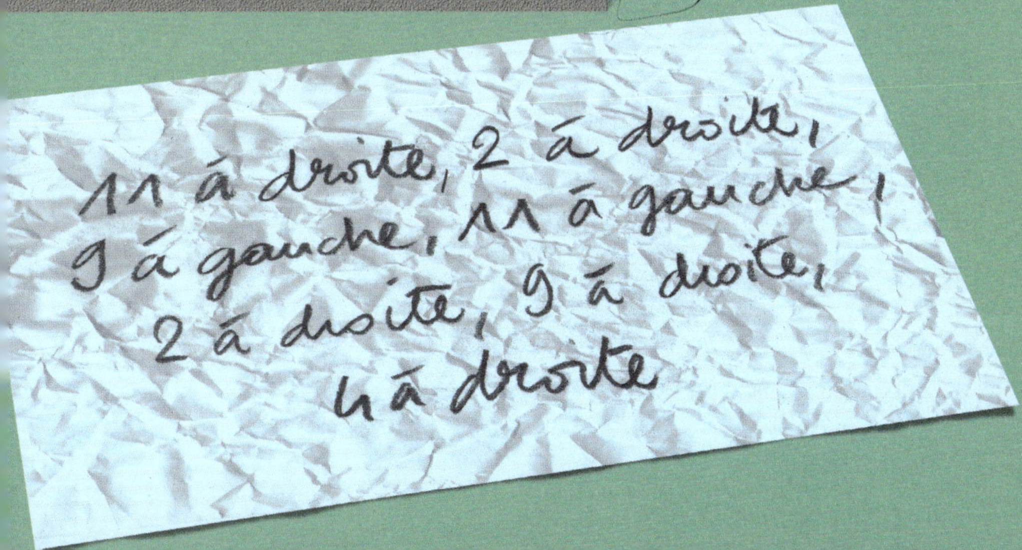

Rang 11
Rang 10
Rang 9
Rang 8
Rang 7
Rang 6
Rang 5
Rang 4
Rang 3
Rang 2
Rang 1
ALLÉE A
ALLÉE B
ALLÉE C
11
4
2
6
10
1
5
7

Cinquième indice

L'interrogatoire de l'ouvreuse présente lors du concert de Barbara Stressante a permis de récolter de nombreux indices sur l'identité d'un innocent. Suis les indications pas à pas pour trouver le fauteuil où était assis un suspect qu'elle est sûre de ne pas avoir vu sortir au moment des faits. Le numéro du fauteuil te permet de l'innocenter.

Pars du dernier rang dans l'allée F, en haut à droite :

- *Descends de 3 rangs et passe 2 allées plus loin.*
- *Descends de 6 rangs et passe à l'allée suivante.*
- *Remonte de 2 rangs et retourne 2 allées en arrière.*
- *Descends de 3 rangs, et va 3 allées plus loin.*
- *Remonte de 9 rangs et passe à l'allée suivante.*
- *Descends de 3 rangs et retourne 2 allées en arrière.*
- *Le suspect est dans le rang juste au-dessous.*

Sixième indice

En observant la photo de reconstitution, les grooms tentent de se souvenir dans quelle cabine ils sont sûrs d'avoir aperçu un des suspects à l'heure du vol. D'après les interrogatoires, tu peux alors déterminer le numéro de cette cabine. C'est le même que celui de la rue où habite ce passager. Il est donc innocent.

Septième indice

Le cambrioleur a simulé une coupure de courant en coupant certains fils dans le boîtier central du paquebot. Retrouve les câbles sectionnés et note les couleurs auxquelles ils sont normalement reliés. Elles sont identiques à celles des vêtements d'un innocent.

Huitième indice

Voici le plan de table des convives dans la salle du restaurant du *Pacific*. Lors de leurs dépositions, les suspects n'ont pas tous dit toute la vérité. Pars de la dalle de moquette noire, suis les déclarations dans l'ordre et tu arriveras au siège occupé par un innocent.

- Si un suspect dit la vérité, passe à la dalle bleue la plus proche de ta position.
- Si un suspect dit un mensonge, passe à la dalle jaune la plus proche de ta position.
- Tu ne peux jamais passer deux fois par la même dalle.

Antonin Dejardin : *« Je suis innocent. »*

Gérard Manvussa : *« Je suis plus grand que Sally Comantiva. »*

Gigi Retourne : *« Je suis plus jeune qu'Omer Dalors. »*

Babette Dutout : *« Je porte un collier. »*

Mady Rienhalors : *« Je suis innocente. »*

Alex Blaise : *« Je déteste voyager. »*

Gaëtan Dechien : *« Je ne porte pas une cravate rouge. »*

Vladislav Passouvan : *« Je suis innocent. »*

Patty Epatata : *« Pour exercer mon métier, j'utilise souvent des ciseaux. »*

Sally Comantiva : *« J'habite au bord de la mer. »*

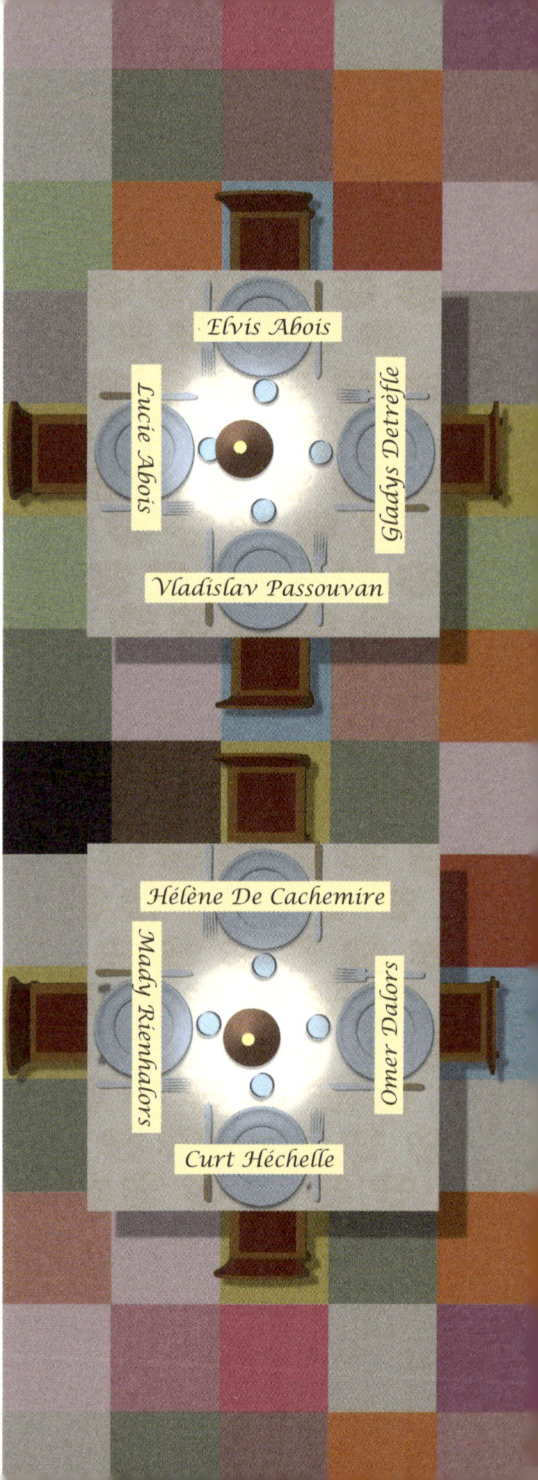

Alex Blaise
Clotaire Minus
Julie Palanglais
Patty Epatata
Sally Comantiva
Hercule Héchemise
Nicole Hobasque
Antonin Dejardin
Babette Dutout
Don Tonfrik
Sarah Porte
Gaëtan Dechien
Gigi Retourne
Gérard Manvussa
Basile Déserte
Ruth Soissantessis

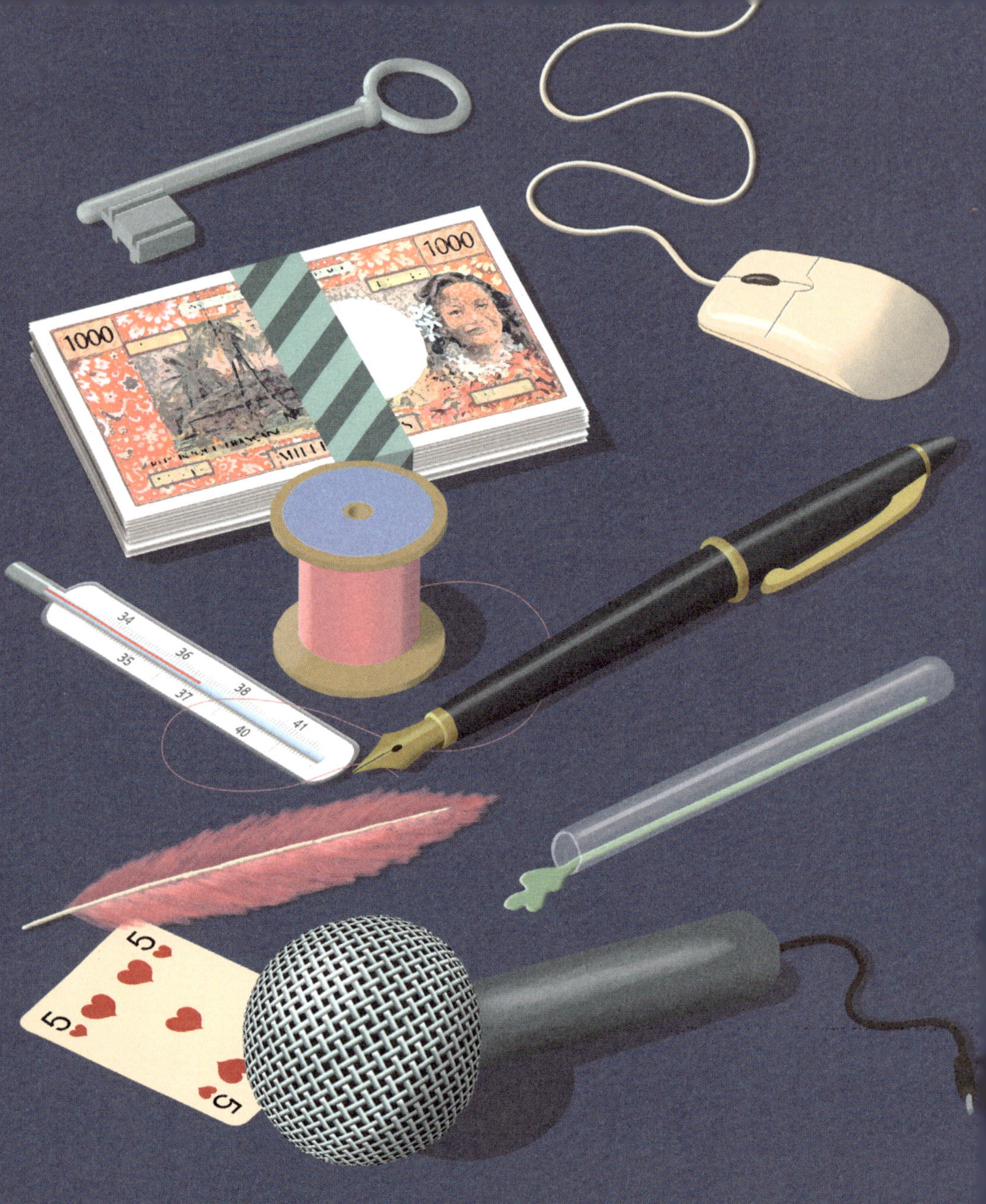

Neuvième indice

Ces pièces à conviction ont été retrouvées dans la salle du coffre. Grâce aux informations recueillies auprès des suspects, détermine lequel d'entre eux n'a rien laissé sur le lieu du vol. Tu peux l'innocenter.

Dixième indice

Une caméra vidéo a pu enregistrer les allées et venues du couloir menant à la salle du coffre au moment du vol. Malheureusement, mal positionnée, elle n'a filmé que les ombres des passagers. Compare ces ombres avec les suspects et trouve celui qui n'est pas passé par là. C'est le dernier innocent.

IDENTIFICATION

Bravo !
Tous les indices récoltés t'ont permis d'innocenter un à un les suspects.
Tu peux maintenant démasquer le coupable du vol du coffre.

Mady Rienhalors

Omer Dalors

Gaëtan Dechien

Gérard Manvussa

Babette Dutout

Gigi Retourne

Si un indice te résiste et si tu brûles de connaître les **solutions**, retourne le livre et place-toi face à un miroir.

Premier indice : Antonin Dejardin (docteur). • **Deuxième indice** : Patty Épatata. • **Troisième indice** : Vladislav Passouvan (1 + 3 + 2 + 5 = 11). • **Quatrième indice** : Babette Dutout (éventail). • **Cinquième indice** : Sally Comantiva. • **Sixième indice** : Omer Dalors (24). • **Septième indice** : Mady Rienhalors (rouge, noir, rose). • **Huitième indice** : Gigi Retourne. • **Neuvième indice** : Alex Blaise. • **Dixième indice** : Gaëtan Dechien.

Le coupable est donc...

Reproduit et achevé d'imprimer en août 2009 par l'imprimerie Aubin
pour le compte des éditions ACTES SUD, Le Méjan, Place Nina Berberova 13200 Arles
Dépôt légal 1re édition : septembre 2009